당신이 없는 곳에서
당신과 함께

당신이 없는 곳에서
당신과 함께

전동균 시집

창비

차
례

제1부

010   약속이 어긋나도

012   '자정의 태양'이라 불리었던

013   예(禮)

014   이토록 적막한

016   누구의 것도 아닌

018   이것

020   이 저녁은

022   정오

024   허기의 힘으로

026   벙어리 햇볕들이 지나가고

028   사랑 혹은 흑암

030   흰, 흰, 흰

032   밤마다 먼 곳들이

034   그러나 괜찮았다

제2부

038   가을볕

040   보말죽

042   독바위

044   잊으면서 잊혀지면서

046   거돈사지(居頓寺址)

048   손님

050   죄처럼 구원처럼

052   춘수(春瘦)

054   원샷으로

056   아무 데서나 별들이

058   떨어지는 해가 공중에서 잠시 멈출 때

060   한옥(韓屋)

062   당신이 없는 곳에서 당신을 불러도

제3부

066 오대산장

068 멧돼지는 무엇일까

070 술을 뿌리다

072 천둥 속의 눈

073 살아 있는 것보다 더 곧게

074 문밖에 빈 그릇을

076 필터까지 탄

078 밤의 파수꾼

080 녹지 않는 얼음

082 내 대신 울고 웃는

084 마른 떡

제4부

088　　봄눈

089　　1205호

092　　눈은 없고 눈썹만 까만

094　　눈물을 외롭게

096　　이번엔 뒷문으로

098　　모래내길

100　　내 곁의 먼 곳

102　　부끄럽고 미안하고 황홀해서

104　　변명

106　　검은 빵

108　　물속의 기차

110　　P

112　　당신 노래에 저희 목소리를

114　　해설 | 최현식

130　　시인의 말

제 1 부

약속이 어긋나도

칸나꽃 피어나고
흰곰들은 부서지는 빙판을 걸어가요

내가 새매라고, 예티라고, 부들이라고 부르는 것들은
저를 무엇이라고 생각할까요
그들의 형제인 나를

왜 내게는
소리 없이 소낙비를 뚫고 가는 날개가 없을까요
어떻게 나는
인간의 육신과 마음을 얻었을까요
구겨진 종이 같은
재를 내뿜는 거울 같은

늘 약속은 어긋나고 예언은 빗나갔어요
맨발의 지팡이들은 오래전에 추방되었어요

잠들기 전에
내 무덤을 환하게 여는 눈빛을 주세요

무덤에 절을 할 거예요

돌에 물을 뿌릴 거예요

조금씩 달라지는 별들의 표정을 지켜볼 거예요

'자정의 태양'이라 불리었던

이 책은 읽는 자의 운명을 알려준다 갓난아기의 피로 씌어졌으나 말이 말을 뚫고 혼이 혼을 뚫고 간 흔적만 흐린 얼룩으로 남아 있다

모든 그림자에게 빛을, 빛에게는 그림자를 던져주지만 일곱개의 촛불을 켠 금요일 밤 장님이 된 자만 읽을 수 있다 읽는 동안 운명이 바뀌고 마침내 빛이 없는 찬란을 만나 또다시 제 눈을 찔러야 한다

재 속에서 태어난 물고기 같은 책

피고 지는 나뭇잎, 연인의 젖은 입술, 부서지는 얼음 조각에도 숨어 있는 이 책은 오늘 내 눈물 속에서 울고 있다 웃고 있다 불타고 있다

한때는 '자정의 태양'이라 불리었던
당신처럼
존재하지 않는, 사라지지도 않는

예(禮)

한밤에 일어나 세수를 한다
손톱을 깎고
떨어진 머리카락을 화장지에 곱게 싸 불사른다
엉킨 숨을 풀며
씻은 발을 다시 씻고
손바닥을 펼쳐
손금들이 어디로 가고 있나, 살펴본다
아직은 부름이 없구나
더 기다려야겠구나, 고립을 신처럼 모시면서
침묵도 아껴야겠구나
흰 그릇을 머리맡에 올려둔다
찌륵 찌르륵 물이 우는 소리 들리면
문을 조금 열어두고 흩어진 신발을 가지런히 놓고
불을 끄고 앉아
나는 나를 망자처럼 바라본다

초록이 오시는 동안은

이토록 적막한

나무는 왜 땅에 서 있어야 하고 새들은 하늘을 날아야 하
는지

날마다 해와 달을 깨우고 움직이는 힘은 무엇인지
그 힘이 왜
없어도 좋은 우리를 여기 있게 하고
아침이면 눈꺼풀을 열게 하는지

해달은 왜 물에 떠 해초를 감고 잠자는지, 털도 없는 톡토
기는 어떻게 영하 70도의 혹한을 견디는지, 피파개구리는
왜 혀가 없는지, 오리너구리는 어떻게 알을 낳게 됐는지

이 작은 가슴에 어떻게 바다와 사막이 함께 출렁이고
사랑은 늘 폭탄을 감추고 있는지
헛된 꿈들은 사라지지 않는지

왜? 왜? 왜?
어떻게? 어떻게? 어떻게?
휘몰아치는 소용돌이 속을

우리는 걸어간다
옆구리에 지느러미가 돋아나도
비늘들이 발등을 뒤덮어도

우는 대신 웃는 표정으로

누구의 것도 아닌

1

썩어가는 나무껍질을 만진다

가만히 다가와
어깨를 툭 치고 사라지는 그늘과
그늘의 빛들

나무 속을 빠져나와 나무를 바라보는,
오랫동안 홀로 견딘 겨울을 알고 있는
개똥지빠귀 같은
마음들

2

이제 곧 밤이 오겠지
그 누구도 알지 못할 드라마가 펼쳐지겠지

내 눈이 보는 게 무엇인지
나는 무엇인지
끊임없이 의심하리라

아무것도 보이지 않게 되는 순간, 나는 만나리라

태양이 돌고 있는 별 같은
은하의 중심, 블랙홀 같은

단 하나의, 수많은 얼굴을

이것

펄럭이는 지느러미였지
파충류의 앞발이었어

높은 나무에서 익어가는 열매, 굶주린 돌도끼, 수많은 실
패 끝에 태어난 불이었지

동굴 벽에 새기는 주문(呪文)
눈물로 벼린 칼
활짝 핀 꽃이었어, 무덤 속으로 던져지는

지금은 내 무릎 위에서
순한 귀를 쫑긋대지만
당신에게 건너가면 쏟아지는 번갯불이 되지, 번갯불을 물
고 내달리는 푸른 늑대가

때론
사막에 갇혀서도 노래 부르는 사람을
얼음장을 뚫고 나온
말 대가리, 한껏 치켜뜬 눈과 벌어진 입을

보여주곤 하지

왜 내겐 가슴이 없을까, 중얼거리는 허공들을 펼쳤다가
곧 지워버리지

언제 무엇으로 바뀔지, 무슨 짓을 할지
저도 몰라서
말이 없는
손

이 저녁은

빈 박스를 들고 서 있네

온갖 쓰레기를 다 삼키고도
입 벌린
쓰레기통 앞에서

급류의 강물을 만난 누처럼 서 있네

언제 어떤 손이
어떤 이름의 쓰레기통에 나를 던져넣을지
그때 내 표정이 어떨지
궁금하고 두려워서만은 아니리

쓰레기통 속에서
긴 혓바닥 같은 불길이 솟구쳐올라
무슨 말을 하듯
내 몸을 휘감기 때문만도 아니리

인도 어디서는 오토바이를

남태평양 섬에서는 야자열매를
신으로 섬긴다지

그이들은
죽음이나 구원 따위 없다고 생각한다지

빈 박스처럼 나를 들고 서 있네

정오

획
숲 그늘을 흔들며 지나가는

청설모의 모습으로
바람 소리로

무언가 내 몸을 번개처럼 뚫고 가는

땅의 문이 열리고
돌들이 날개를 펼치는 순간

이 세상 너머
빛도 어둠도 없는 시간이 찾아온 것인지

사람으로 빚어지기 전
소용돌이치는 울음 속에 잠긴 느낌
온 세상을 삼킨 불덩이를 안은 느낌

어디로 가야 하지?

어떻게 가야 하지?

나뭇잎들 찢어질 듯 떨고

공기들은 발톱을 번쩍이고

허기의 힘으로

불쑥 솟구치는 나무들을 보았니?
공중에서 떨어지는 새까만, 눈만 흰 새들은?
탕탕 꼬리 치며 몰려오는 고래구름들은?

바람 냄새에 취하는 아침과 저녁이 있다
제 살을 먹듯 밥을 먹는 사람들
벽을 안고 춤추다가
벽 속으로 사라지는 그림자들이

우연과 기적 사이에서
우연처럼, 기적처럼
때로는 아무것도 아닌 것처럼

나뭇가지를 타고 오르는 물고기들을 보았니?
한낮의 허벅지에 만발한 장미들은?
성가 속에 숨어 있는 번개들은?

제 몸뚱이가 창이며 방패인 것들이 있다
객지에 사는 것들

허기의 힘으로 견디는 것들

내 이름이 뭐냐고, 여기가 어디냐고 울부짖는
만져지지 않는
모래와 진흙들

벙어리 햇볕들이 지나가고

아프니까 내가 남 같다
도로를 무단 횡단하는 취객 같다

숨소리에 휘발유 냄새가 나는 이 봄날
프록시마b 행성의 친구들은 어떻게 지내고 있을까
그이들도 혼밥을 하고
휴일엔 개그콘서트나 보며 마음 달래고 있을까

돌에겐 돌의 무늬가 있고
숨어서 우는 새가 아름답다고 배웠으나
그건 모두 거짓말

두어차례 비가 오면 여름이 오겠지
자전거들은 휘파람을 불며 강변을 달리고
밤하늘 구름들의 눈빛도 반짝이겠지
그러나 삶은 환해지지 않을 거야
여전히 나는 꿈속에서 비누를 빨아 먹을 거야

나무는 그냥 서 있는 게 아니고

물고기도 그냥 헤엄치는 게 아니라지만
내가 지구에 사람으로 온 건 하찮은 우연, 불의의 사고였
어 그걸 나는 몰랐어

으으, 으 으으
입 벌린 벙어리 햇볕들이 지나가고
취생몽사의 꽃들이 마당을 습격한다

미안하다 나여, 너는 짝퉁이다

사랑 혹은 흑암

뿔이 달린 새

막 부풀어오르는 열매
최초의 빛을 발견한 눈, 순간
놀라 파닥이는
초록 물고기

별을 낳는 별, 내 숨이 흘러가는 곳마다
제 살을 찢으며 활짝 솟아오르는
가시연꽃
붉은 잎

내게서 달아나듯 오고 있는 너는
아이의, 무당의,
멀어지는 수평선의 목소리로 말하는 너는

춤추는 흙
아무것도 비치지 않는 거울
머리가 서른셋, 날개 돋친 뱀

네 입술로 나를 불태워다오*

쏟아지는 용암, 퍼붓는 재의 협곡에 파묻어다오

네 발소리에 다시 깨어나게 해다오

너를 몰라보게 해다오

* 파블로 네루다의 시 「100편의 사랑 소네트 1」에서 변용.

흰, 흰, 흰

달에서 늑대가 우네
저 만월의 빛 속에서 늑대의 왕이
홀로

제 몸을 벗고 싶은,
투명한 불이 되고 싶은 그 울음소리
너무 아파서
벚꽃은 피네

세상은 잠시 지성소(至聖所)처럼 열리고
죽은 자들이 돌아와
생전의 모습 그대로 웃고 노래하며 춤을 추네
넘쳐나는 술잔을 부딪고
맨살의 사랑을 나누네

눈 한번 감았다 뜨면
사라지는 환영들

이 여린 꽃잎 몇장 견디지 못해

내 입술은 당신을 부르네

——어서 얼굴을 감추소서, 주여
　저는 깨진 돌 조각, 해진 속옷의 얼룩과 같으니
　젖은 그 눈길 멀리 거두소서

밤마다 먼 곳들이

햇볕은 다정한 손길로 찾아오지만
내 피는 점점 차가워져요

빨래가 마르듯 살고 싶었는데
사철 내내 창고에 눈을 가득 쌓아두고
카스트라토의 노래를 부르고 싶었는데

어제는 바보였고
오늘은 시궁창이었어요

핸드폰을 꺼도 핸드폰이 울려요
검고 긴 옷자락들이 펄럭이며 지나가고
나는 그들을 몰라요
끝까지 모르는 척할 거예요

내 속에서 사람이 빠져나가나봐요
내 속에서 짐승도 빠져나가나봐요

찢겨 흩어지는 내 몸을

내가 안고 잠들어야 해요

그런 밤마다 먼 곳들이 와서 나를 깨워요 빗방울처럼

물끄러미 바라보기만 하죠

그러나 괜찮았다

말이 잘 되지 않았다.
담뱃재만 쌓이고
책상 위엔 귀를 뒤로 눕힌 채
눈 깜박대는 토끼들.

그래도 괜찮았다.
나는 나의 바깥으로 걸어나갔다.
멀리 걸어나간 생각들은
불 같고 얼음 같은 공기를 숨 쉬었다.

어디에도 길이 없는 벌판에 서 있는 일.
천둥에 놀란 나뭇잎처럼
끊임없이 질문하는 일.

이마와 쇄골 드러난 어깨에
주문(呪文) 같은 빗방울이 떨어졌지만
아무것도 보이진 않았다.

잠깐, 먼 불빛이 비치기도 했다.

그때 내 모습이 여우로, 마른 물고기로
바늘엉겅퀴로 바뀌는 것 같았다.

그러나 괜찮았다.
나는 나의 배후를 만났다.
잿빛 풀, 물방울 새, 불타는 돌.

제 2 부

가을볕

쑤욱, 배를 내밀며
오줌을 쏘는 아이들
키 너머로 쭉쭉 솟구치는 오줌발들
실업의 삼색 슬리퍼들이 싱글싱글 웃고 있다
이어폰을 낀 소녀가 훌라후프를 돌리고 있다 머리카락 활
활 타오르고 있다
어디지? 여긴 어디야?
갑자기 길을 잃고 멈추어 선 골목들
눈물도 없이 어제의 얼룩을 말끔히 지우는 빨래들
낮잠 든 강아지 코가 연신 발름대고
감잎이 떨어지고 있다 슬그머니
땅바닥이 하늘처럼

잘…지내…시는가?
두려움에 떨며
당신은 당신의 안부를 물어봐야 한다
고봉밥 한상 차려주어야 한다
속울음으로 빚은 맑은 술 한잔
넘칠 듯 넘치지 않게 올려야 한다

당신이 모시는
적빈(赤貧)에게

보말죽

　지난봄 내가 한달 남짓 묵었던 금능리 77번지 양철지붕 집 양선자 할망은 아침 일찍 어디론가 사라졌다가 저녁 늦게 돌아오곤 했습니다 어떤 날은 소라며 미역을, 또 어떤 날은 흙 묻은 양파와 마늘을 한아름 들고서 나를 볼 때마다 늘 웃기만 했지요 눈과 귀와 코와 입이 흩어졌다가 한순간에 모두 다 제자리에 새로 모이는 그런 웃음이었어요 원체 말이 없어 벙어리인 줄 알았는데 이따금 한밤중에 큰 소리로 통화를 하곤 했지요 도무지 알아들을 수 없는, 무슨 귀신과 싸우는 것 같은 그 목소리를 들으면 난데없이 내 이마엔 열이 끓어오르고 입술이 퉁퉁 붓고 팔과 가슴과 사타구니엔 붉은 반점들이 돋았습니다 내가 멀리 오긴 왔구나, 하지만 아직 한참 멀었구나, 시커먼 돌담 옆을 서성이며 나는 심호흡을 하고 열을 내렸습니다 그러면서 만약 다시 서울로 돌아가면 마음이 시키는 대로, 피가 흘러가는 대로 살아야겠다며 파도가 넘쳐나는 방파제 끝까지 걸어갔다 와서는 새끼를 한배 낳은 개처럼 잠들곤 했는데, 다음 날 아침이면 보말죽 한그릇이 방문 앞에 놓여 있었지요 흰 사발 가득 봄 바다가 소스라치듯 출렁대는 그것이 마치 약 같고 독 같고 눈물로 부서진 누군가의 눈 같아서 한참을 망설이다가 숟가락질

을 해야만 했는데요, 어느 틈에 바닥까지 훔쳐 먹고 나면 내
귀 옆엔 파르르 작은 아가미가 하나 돋아나고, 나는 사람으
로 살아온 기억을 잃어버렸다가 저녁에야 간신히 되찾곤 했
더랬습니다

독바위

소나무 아래 서 있다
비를 맞고 서 있다

어떤 싸움이 지나갔는가

시커멓게 탄
나뭇가지들, 만지면
재가 되는 울음들

또 무엇이 오고 있는가

어스름이 우산처럼 펼쳐져도
제 목을 찌를 듯 번쩍이는
침엽의 눈들

사랑은 부서졌다
나는 나를 속였다

독바위, 혼자인 저녁은 끝없고

몇천리씩 가라앉고
흩어지고

젖이 퉁퉁 분 흰 개가 지나갔다 헛것처럼

이글이글
빗줄기만 서 있다

잊으면서 잊혀지면서

붓다여
사라져서도 모든 곳에 있는 당신은
당신 일만 할 뿐이어서

우리는 술에 취한 듯
땅바닥을 두드리며
어스름 안개들을, 안개 속에 나타났다 사라지는 것들을
부르고

더는 지켜야 할 마음도 없어
땅 밑으로 꺼져가는
폐사지의 돌들

거미를 삼키랴, 숯으로 낮을 뭉갠 뒤
서리 같은, 화염 같은
거미줄을 뱉어내랴

곁에 있어도 안 보이는 것들의
숨소리 자욱한

백중(百中)

속이 텅 빈 느티나무 그늘엔
흩어진 쌀알들과
놋방울 소리와
넘쳐나는, 넘쳐나는 검은 물의 번쩍임

거돈사지(居頓寺址)

숲은 의연하다, 낭자한 허기와 피비린내 속에서

누구도
제가 지닌 가난보다 더 높게
더 낮게 살 수는 없으나

바라볼 때마다 나무들은
모습이 달라지고
이름이 바뀌고

약 같은 풀 냄새
풀 냄새 속으로 들어와 눕는
여름의 그림자들

숨어야지 숨어서 피어야지 그래야 꽃이지

사라진 절은 여전히 살아 있고
주춧돌들은 안간힘 다해 허공을, 그 너머를 떠받치고

손금을 몇 부러뜨리며 나는
내 몸을 빠져나와
햇볕의
윙윙대는 적막의
가장 깊은 안쪽으로, 먼 바깥으로 걸어가고 있으니

절터에 집을 지은
낯선 사람들,
두런대는 흙들의 사투리에게로

손님

돌아가신 아버지가
오시는 것 같았지

당신 참 나빠!
옛 여자가 글썽글썽 돌아서는 것 같았어

외면하듯 나는
귓불을 만지고 손마디를 뚝뚝 꺾고
발톱을 깎았지

이거 참 어쩌면 좋으냐,
내게는 내가 만든 게 하나도 없구나
나는 내 손님이구나

눈은 저녁이 돼도 안 그치고
길들은 허옇게 달아나고
차는 끊기고

하루 종일 아무 일 못했지만

먼 눈밭을 뛰어온 개처럼
푸르르, 목을 흔들면서 나는
저녁 먹으러 갔지

감기 든 몸에 모자를 씌우고
장갑을 끼워주고
한걸음 반쯤 떨어져 서서

밥 대신 고추짬뽕 먹으러

죄처럼 구원처럼

사람들 저마다 바라는 원(願)은 많고 크지만
나의 한 이웃은
남의 집 문간방에서 혼자 담배나 피우며 사는 것*
뒤늦게 그 말을 듣고는 고개 끄덕였지요
그 적요한 마당 귀퉁이
모과나무의
모과알이 되었으면……

늙도록 혼자인,
빨래를 개키고 쪽마루를 닦고 방문을 여닫는 기척을 따라
조금씩 커지면서
둥글어지면서
오늘 하루도 다 갔네, 뭘 했는지 몰라,
세상에 없는 사람과 마주 앉아 밥을 먹듯 피우는 담배
연기
그 무연한 눈길 와 닿으면
놀란 듯 흔들리면서
속에서 저절로 번져나오는
파아란 빛을 퍼뜨리는 것

툭 떨어지는 것

깨지는 것

* 이진명의 시 「장마철 여름 풀벌레 운다」에서.

춘수(春瘦)

저 꽃들 보기 싫어
못 살겠다

치매도 안 걸리고 해마다 찾아오는 꽃들
세월호가 침몰하든
지진이 터지든
지들끼리 낮밤없이 잔치를 벌이는
못돼먹은 것들

빈집에
무덤가에
더 활짝 흐드러지는 꽃들
— 당신의 상처로 저희가 나왔나이다
찬미가를 부르는 환한 얼굴들

자세히 보면
달랠 길 없는 슬픔을 빛으로
신음을 향기로 내뿜고 있는
김매화

박수유
이나리

가여워서
무서워서

원샷으로

길가의 의자들이 사라지고 있다

의자에 앉아
사람 구경하던 사람들
어디로 갔는지

도마질 소리, 딸그락딸그락 그릇 씻는 소리에
나뭇잎들 물들고
별들은 새로 떠오르고
산비탈 스레트집 창문들이 환해지는데

제엔장,
어쩌자고 나는
다 늙은 애인 같은 가겟집 간이 탁자에게 붙잡혀
빈속에 술을 마신다

이 좋은 가을날
엉뚱하게도
이쁜 새처럼 운다는 사막 개구리와

종적 없이 죽는다는 시베리아 흰 늑대가 떠올라

원샷으로 쫙

아무 데서나 별들이

밥 벌러 온 동쪽엔 지진이 잦다

거미들이 분주해지면서
풀들이 쇠면서
나는 내 몸 냄새를 알게 됐지만

망치로 때려도 깨지지 않는
저녁의 거울 속엔
딱 하나만 더!
소주병을 품고 날듯이 모퉁이를 도는 까치 머리 옷자락이
펄럭인다

내 것이 아닌 게
내 것처럼 왔다가 떠나가는 동안
또 그것들을 맞이하고 배웅하는 동안

신발은 늘 젖어 있고
허리띠는 또 한칸 줄어드는데

아무 데나

아무렇게나 흩어져

제각기 제 빛을 내뿜는 나뭇잎들

떨어지는 해가 공중에서 잠시 멈출 때

썰물의 드넓은 뻘
휘어진 물길을 타고 흘러오는 핏덩어리들
핏덩어리 같은 숨소리들

우리는 먼 곳에서 왔고
오늘밤엔 더 먼 곳으로 가야 하지만
뻘 위의 널 자국, 파헤쳐진 흙들에게
새꼬막, 낙지, 짱뚱어 들에게
용서를 빌듯 서 있어요

급히 달려가다 쓱 한번 뒤돌아보는,
입을 앙다문 바람 속에 철새들 자욱이 날아오르고
울음도 없이 사라지고

풍랑과 제사를 기억하며 흩어지는 집들
끊임없이 삐걱대는 문들

어딘가요? 무너지는 갈대밭 속인가요?
뻘을 바라보는 당신 눈 속인가요?

모닥불 타는 연기가 나요
추운 혼들 부르는 그 냄새를 맡으면
아, 거짓말을
거짓말 같은 고백을 안할 수가 없어요

이 세상에 사람으로 와 기쁘다고
계속 아프겠다고

한옥(韓屋)

일본 막내는 아픈 데는 없는지
사업하는 둘째 일은 좀 어떤지
아이들 공부는 나아졌는지
차례차례 물으셨다

조용히
마른 풀을 가득 실은 배가 마당으로 들어오는
닻줄을 푸는 낯선 그림자들 어른대는
늦가을 저녁

이제 어쩌면 좋으냐고
찬물로 낯을 씻고
또다시 글썽대는 별빛들

술 한잔 천천히 아껴 드시고는
얇은 노트를 건네셨다
별일 아닌 듯이

─못 보면 원망할 데만 적었니라

부고 보낼 명단이었다
떨리는 손으로
또박또박
쓴

당신이 없는 곳에서 당신을 불러도

산밭에
살얼음이 와 반짝입니다

첫눈이 내리지도 않았는데
고욤나무의 고욤들은 떨어지고

일을 끝낸 뒤
저마다의 겨울을 품고
흩어졌다 모였다 다시 흩어지는 연기들

빈손이어서 부끄럽지만 어쩔 수 없군요

보이는 것은
보이지 않는 것에서 왔고
저희는
저희 모습이 비치면 금이 가는 살얼음과도 같으니

이렇게 마른 입술로
당신이 없는 곳에서

당신과 함께
당신을 불러도 괜찮겠습니까?

제 3 부

오대산장

적막들이 짖고 있었어
새파란 눈 번뜩이며

쌀을 씻다가 그는
맨발에 슬리퍼를 끌고 나가
사방을 두리번거렸지

서어나무숲에서 온 영하의 밤들
혼자 얼었다가
혼자 부러지는 고드름들

누군가를 찾으면서
기다리면서
영원히 떠나보내면서

재처럼 흩날리는
머리카락, 가만히 지나가는
바람 같은 것들에게 고백했지

나는 내 피의 주소를 알고 싶어

집이 없으면 영혼을 찢어서 나를 덮을 거야

멧돼지는 무엇일까

어쨌든 견뎌보자,
살아남아 큰 숨 한번 내쉬자고
몰아치는 눈보라를 뚫고 북대(北臺)까지 왔을 텐데

허리 꺾인 사스래나무들과
무릎 꿇고 엎드린 바위들
문득 끊어진 멧돼지 발자국

이제 그만 나도 얼음 속에 들어가
눈과 입을 파묻고 살았으면,
꽃 피는 소리 천둥처럼 울려도
시퍼런 칼날 하나 물고 다시 돌아오지 않았으면 싶은데

얼음들은 이빨을 꽉 문 채 한사코
벼랑을 기어오르고

내 속을 뚫고 내가 온
저 너머 적멸보궁
허공에서 허공으로 불어오는 바람 소리

오지 않은 내생(來生)마저 버리고 싶어서
뒤돌아설 수밖에 없어서
한낮에도 장갑 낀 손이 쩍쩍 얼어붙는데

왜 내 눈엔 멧돼지 발자국만 보일까
멧돼지는 어디로 갔을까

술을 뿌리다

강풍 몰아치는 상왕봉

능선의 관목들

달아나듯 옆으로, 옆으로만 뻗은 가지마다

마른 이파리들 그대로 매달려 있음

잎맥이 선명한, 앞뒷면이 똑같은

얼음 코팅 이파리들

얼마나 아팠는지

아픈 내색 하나 없음

죽어서도 살아 있음

독한 것!

누군가 술을 뿌렸습니다

허리에 복대 차고 발 질질 끌며 올라온 초로의 산꾼이

허벅지 푹푹 빠지는 눈을 헤치고

액을 쫓듯

절을 올리듯

석잔이나

천둥 속의 눈

강가의 돌무더기를 지나왔습니다. 밑은 시커멓고 위는 허옇게 얼어붙은, 들개가 오줌을 갈기다가 휙 사라진 돌무더기, 저 속에 뭐가 있는지, 무주고혼(無主孤魂)들이 드나드는지, 옆구리에 작은 구멍이 뚫려 있었습니다.

버려진 집과 휘어진 고드름, 타다 남은 장작 토막들, 내 것 같은 뼛조각, 죽은 나무를 휘감은 칡덩굴들과 함께 나는 겨울 산협에 있고, 이것들은 인간 따위엔 아무 관심이 없고, 꿈속에서 나는 내 모습을 보고 진저리 치듯 깨어나곤 합니다.

당신을 부르면 저녁이 왔습니다. 천둥 치며 눈발 쏟아지는 이 저녁, 돌무더기는 어느새 또 내 앞에 와 웅크려 있고, 아픈 어머니처럼 나를 부르고, 하얗고 까맣고 파랗고 붉은, 더러는 아무 빛깔도 없는 눈송이들…… 장님 앞에 추는 춤 같고 귀머거리 앞에 부르는 노래 같습니다.

살아 있는 것보다 더 곧게

잣눈을 지고도 끄떡없는,
더 새파란 그늘을 펼친 주목 옆에
고사목 하나

모가지 부서지고
어깨가 깨졌지만
살아 있는 것보다 더 곧게

죽음 속에서
죽음을 넘어
마지막 큰 가지를 북대 쪽으로

가라,
너는 네 길을 가라
혼자서 가라, 거기에 아무것 없을지라도

굶주린 멧돼지와
피투성이 삶과
통곡하듯 번쩍이는 빙벽들의 그믐밤을 부르며

문밖에 빈 그릇을

저 달빛, 참,
얼음 뚫고 흘러가는 여울물 소리 같다

문밖에 빈 그릇을 내놓고

창가에 담요 펴고 눕는다
이거 얼마 만이냐, 활짝 몸을 연다

새벽엔
친구 병태가 올 것이다 여전히 뭉툭코일 것이다
미친놈!
소주를 콸콸 들이켤 것이다
트위스트도 한판 땡길 것이다

망설임도 두려움도 없는
발걸음들 나란히
철책을 넘어
동피골 골짜기로 들어갈 것이다

난티나무 눈측백 수리부엉이 산양 똥
죽은 것과 산 것들 제멋대로 뒤엉켜
캄캄하고
눈부신

필터까지 탄

누가
아픈 세상을 데리고 여기까지 와
통회하듯
눈 더미에 머리 처박은 저 바위 옆에서
하룻밤을 지새우셨는지

더는 입김도 나오지 않을 때

부서지면서 문득 환해지는 사람들, 기억들,
언젠가는 한자리에 다시 모여
밥을 먹고 잔을 나눌 것을 떠올리며
애써 떨쳐내며

제 손을 제가 잡아끌고

서서 죽는 나무들
바람의 몸통을 뚫고 나온
얼음 가지 속으로 사라져가셨는지

해발 1577미터
눈밭에 거꾸로 박혀 있는 빈 소주병
수북한 담배꽁초들

밤의 파수꾼

부름을 받은 것들은
뒤돌아보며 뒤돌아보며
설원의 빛 속으로 사라졌습니다

당신을 사랑하는 저희는
당신 눈에 없으나
버려진 슬픔으로 살아 있으니

기억하소서, 마른 뼈들과 함께
밤을 부르고
또 지키는 것들을

오, 가엾은
제 어둠을 무기로
당신의, 세상의 어둠과 싸우고 있는
발자국들, 곧 무너질
벼랑의 뿔과 날개들

다시 눈보라가 몰아치면

다릅나무 전나무 서어나무 형제들은
때려다오, 때려다오, 나를 부숴다오
생가지를 찢으며 공중으로 솟구쳐오를 겁니다

녹지 않는 얼음

승냥이들, 내 팔다리 뜯어 먹어라
살쾡이들, 내장 다 파헤치고
까마귀들, 눈알 쪼아 먹어라

혼이 혼을 부르는 꺼먹소(沼)에 황혼이 오면
흩어진 뼈와 머리카락들
노래하듯 불타오르고

잔치판 같은 그 모습 지켜보던
마지막 숨 한방울은
길 없는 두로령 북풍 속을 헤매라

나는 나의 밥이며 덫이었으니
기도할 때마다 손가락이 문드러졌으니

어디에도 갈 데 없어
이토록 붉은
피,

캄캄한 직벽 안고 떨어지는 얼음 폭포의

얼음 속으로 사라져라

영영 갇혀버려라

내 대신 울고 웃는

눈을 가리고 손발을 묶고 푸대 자루에 처박았어 나는
발버둥치는 나를 납치해
이 안개자니 골짜기
눈구덩이에 파묻었어

이제 좀 살 거 같군, 지는 달을 향해
입 벌리는 순간

누가 또
죽은 것도 산 것도 아닌
얼음덩어리 내 몸을
내 대가리만 한 돌로 쾅쾅 내리찍고 있었어

어둠속 그 얼굴
 뱀이었어 낙타였어 반은 나무 반은 곰, 춤추는 가시덤불,
당신이었어

 저기 저 저
 눈도 코도 입도 다 뭉개진

옆구리에 푹, 부러진 가지 하나 꽂혀 있는 눈사람

문둥이 같은

천진불 같은

마른 떡

살아남기 위해 옆구리에 상처를 내는
산짐승이다 잠들어서도 떨고 있는
눈꺼풀이다

저녁 눈 위에 쌓이는 밤눈, 첫 잔에 숨이 확 타오르는 독작
의 찬술이다

순장을 당하듯 웅크려야
간신히 잠드는 날들

객사 창틀에 놓여
얼다 녹다 얼다 녹다
곰팡이가 슨 저것은

파문하라, 나를 파문하라
소리치는 보름달빛이다 그 달빛과 싸우다가
스윽,
제 배를 가르는 오대천 상류의 얼음장이다

아니다, 신성한 경전이고
흑싸리 껍데기고
밤마다 강릉 콜라텍 가는 도깨비 스님이다 가방 속 가발
이다

멀리 있을수록 뜨거운 애인의 살,
살냄새의 늪이며
이무기의 울음이며

너의 민낯이다, 혀를 차면서 이 시를 읽고 있는

제 4 부

봄눈

걷다보니 구포시장 국밥집이었다
백년은 된 듯 허름했다
죽은 줄 알았던 김종삼(金宗三) 씨가 국밥 그릇을 나르고
있었다
얼굴이 말갰다
눈빛도 환했다
여전히 낡은 벙거지를 쓰고 있었다
설렁탕이며 해장국이며 깍두기를 딱딱 제자리에 갖다주
었다
뜨건 국물을 가득 부어주었다
공손하였다
두병째 소주를 시키자 완강하게 고개를 저었다
왼쪽 벽을 가리켰다
'소주는 각 1병'
삐뚤삐뚤 아이 글씨였다

1205호

수리를 하긴 했지만 좀 낡았답니다

이 갈색 탁자는 아버지가 만드신 것
마른 꽃들이 꽂힌 작은 항아리는 어머니가 아끼시던 거예요
제 것은 별로 없어요

맞아요, 그림 속의 저 나귀는 잠 씨*의 농장에서 도망친 거죠
오후 세시만 되면 어디론가 사라지곤 해요 물통을 지고

마루가 삐걱거려도 무시하세요 소심한 것들은 원래 그래요
창문들은 늘 말이 없지요
매를 맞고 자란 전갈좌의 남자처럼
오래 살아남기 위해서는 침묵이 유일한 무기란 걸 잘 알고 있는 거죠

쉿, 저 구석방의 문은 열지 마세요

거긴 온종일 지구를 도는 열차가 달리고 있고
수염이 허옇게 얼어붙은 촛불들이 숨어 있어요
가까이 다가가면 크르릉, 시뻘건 이빨로 울부짖죠
자폭하겠어! 세상을 다 날려버리겠어!

여긴 저녁 햇빛이 가장 환해요
햇빛 속에 반짝이는 게 무엇인지
자기 눈을 찌르는 칼날들인지, 빈 까치 둥지인지 모르겠
어요
언젠가는 저 속에서 알몸뚱이 천사가 떨어진 적도 있어요
가엾은 벌레 같았죠

어두워져도 불이 켜지지 않는 집이에요
재로 짠 옷을 입고 밤은 찾아오죠
우리는 모두 깨진 그릇 같은 존재들,
누군가 간신히 본드로 붙여놓았죠
언제 부서져 흩어질지 몰라요

잠깐 앉으세요 조금만 쉬었다 가세요

커피 한잔 드릴까요?
사람의 피는 아프지 않은 날이 없으니
커피 맛은 괜찮을 거예요

* 프랑시스 잠(Francis Jammes).

눈은 없고 눈썹만 까만

찌억 입 벌린 악어들이 튀어나오고 있어 물병의 물이 피로 변하고 접시들은 까악 깍 울고 표범들이 담을 뚫고 달려오고 있어

뭐 이런 일이 한두번이냐,
봄밤은 건들건들
슬리퍼를 끌며 지나가는데

덜그럭덜그럭
텅 빈 운동장 트랙을 돌고 있는 유골들
통곡도 뉘우침도 없이
작년 그 자리에 피어나는
백치 같은 꽃들

누가
약에 취해 잠든 내 얼굴에 먹자(墨字)를 새기고 있어
도둑놈, 개새끼, 사기꾼,
인둣불을 지지고 있어

눈은 없고 눈썹만 까만 것이
생글생글 웃는 것이

눈물을 외롭게

검은 옷을 입고
검은 마스크로 얼굴을 가리고
검은 장갑을 끼고

흰 개의 목을 졸라야 해요, 꼬리가 축 늘어지기 전에
심장을 꺼내
땅바닥에 피를 뿌려야 하죠

주문을 외듯
피를 사방에 뿌리며
사람의 말과 표정을 모두 버려야 하죠

하루하루가 맹골수도 같은 세상을 무사히 건너가려면

누가 무슨 짓을 하든
무슨 일을 당하든
머리에 꽃을 꽂고 헤벌쭉 웃는 바보 속으로 달아나야 해요

어쩌다 불쑥 사람이 찾아와도

입을 헤벌리고 빤히 쳐다보거나

산토끼 토끼야, 깡충깡충 뛰거나

털버덕, 그 자리에 주저앉아 진흙을 마구마구 파먹어야

하죠

눈물에게 들키지 말아야 해요, 끝끝내

눈물을 외롭게 만들어야 해요

이번엔 뒷문으로

두달 만에 면회를 갔지요
연분홍 꽃무늬 새 옷 입혀드리자
좋아라, 콧노래 흥얼대는 어머니

갑자기 집에 가자 그러시네요
식구들 기다린다고
아버지 좋아하는 가자미조림 해야 한다고

어쩌나, 아버지는 벌써 돌아가셨는데
집은 십년 전에 도망갔는데

공원 나무 그늘에서
도무지 나이를 먹지 않는 친척들이며
달이 솟는 우물들이며
모여서 활짝 피는 수국꽃 얘기로
서너시간

무언가 내 옆을 자꾸 지나갔어요
이름을 부르면 어머니도 나도 금방 사라질 것 같은

짐승 그림자가
들끓는 물결들이

어둑해지는 저녁에 병원으로 돌아왔지요
이번엔 뒷문으로 왔지요
세상에 제일 좋은 집이 여기예요, 어머니
아시는 듯 모르시는 듯
내 손만 꼬옥 잡고 아장아장
잘도 따라오시고

모래내길

새로 생긴 옥천냉면집 주인은
아침에 닦은 유리창을 또 닦고 있다

감자탕집 연변댁은 핸드폰 통화를 하면서
울먹이듯 파를 다듬고

은하약국 담 밑 스티로폼 상자에는
상추들이 푸른 불처럼 솟아나고 있다

비 오고 잠깐 해 나고 바람 불고 다시 비 뿌리다 또각또각
해가 나는 사이

골목들은 더 부지런해져서
내일은 무슨 일을 할지 모르는데

니에미, 날마다 우유를 사도 인사 한번 안하는
낙원슈퍼 뚱땡이 녀석은
허벅지에 새끼 토끼 같은 스쿠터를 끼고서도
빗물 고인 웅덩이를 잘도 피해 간다

예전엔 화장터였던 곳

내 곁의 먼 곳

잎 진 큰 나무 아래서 비를 맞는 건
즐거운 일

툭 툭 갈라지는 나무껍질을 쓰다듬으며
나는 중얼거리네
내 입술과 귀를 불태우는 그 말에게
묻고 대답하고
침묵하면서

먼 곳으로 가네, 새살처럼 돋아나는
통증을 안고

떠나는 것들, 돌아오는 것들의 발소리 분주한
이 저녁 속의
다른 저녁에게로

젖은 몸으로
허공과 싸우듯 허공을 껴안는
나뭇가지의 투명한 불꽃들

어디든 갈 수 있어요 무엇으로든 빚어질 수 있어요 저는 아
직 태어나지 않았어요

견딜 수 없는 사랑을 부르는
빗방울, 빗방울들
떨림으로 가득 찬 나의 눈동자들

부끄럽고 미안하고 황홀해서

저는 키가 작고
불면증이 좀 있고
담배는 하루 반갑
일없이 빈둥대는 것을 좋아합니다
흰 종이 구겨지는 소리와
갑자기 유리창을 때리는 빗방울
속에서 펼쳐지는 날개,
어떤 꽃을 피워야 할지 망설이는
나뭇가지의 떨림을 보는 것도 좋아하지요
우연히 생겨나서
우연히 만난
수많은 별들, 수많은 사람들,
누구나 혼자지만
아무도 고독하게 사라지지 않는다는 것과
아침마다 눈을 뜨고
어제보다 찬 공기를 숨 쉬는 일
어린 딸이 커서 처녀가 되는 일이
기적의 일부란 것을 조금은 알고 있답니다
그래서 밥을 먹을 때마다

하늘을 볼 때마다
부끄럽고 미안하고 황홀해서
부서지는 햇빛이나 먼지 속으로 달아나고 싶어요
한낮에도 발가벗고 춤을 추고 싶어요

변명

그냥 낚시하러 가는 기라 고기 잡으러 간다 카이

물 건너 붉은 절벽 따윈 안중에도 없다 카이
몇만년째 홀로 서서
내 탓이오, 내 탓이오, 저를 불태우는 화염 속에
호랑이가 튀어나오든
부처가 걸어나오든
내하고는 아무 상관 없는 기라

매운탕 끓여 먹으러 간다 카이
메기나 꺽지, 빠각빠각 빠가사리,
평생을 캄캄한 물 밑바닥에 사는 놈들은 살이 뜨겁고도
달지
꽝 쳐도 그만,
물결처럼 흘러가는 흐릿한 것들 보면서
뽕짝 메들리나 흥얼대는 거지
뽕짝엔 자멸의 독한 술 냄새가 나
눈시울 붉히다가
내가 와 이라노, 화들짝 놀라기도 한다 카이

반변천 물가에 쭈그려 앉은 부스스한 머리들은
물의 인력에 사로잡힌 노예들,
그래서 서로 아무 말 안하는 기라
대물한테 낚싯대 빼앗긴 어처구니가
첨벙첨벙 한밤의 물속으로 들어가도
절벽으로 사라져도
끝끝내 모르는 척 외면하는 기라

검은 빵

허리를 숙여
마당의 돌을 하나 주웠습니다
어찌해야 할지 몰라 그냥 들고 서 있습니다

죄송합니다
나는 나를 때리며 위로하며 멀리 걸어왔지만
한발짝도
내 가슴 밖으로 나가지 못했군요

녹음의 숲을 바라보니
한껏 사나워진 그늘 속으로
시베리아 벌판이 펼쳐지고 열차가 달려가고
화물칸에서도 춤추며 노래하는 사람들
얼어붙은 땅바닥에 무릎 꿇고 입 맞추는 사람들

며칠 만의 햇볕이 하도 좋아
나도 모르게 그만
내가 한덩이 빵으로 구워졌으면, 생각합니다

움막 속의 검은 빵
감춘 눈물의, 응답 없는 기도의,
그 기도가 구원인
바보들의 빵

물속의 기차

참 오랜만이네
철교를 건너는 기차 바퀴 소리

선반에 올려둔
잘 여문 밤이며 쌀이며 참기름 보따리들
그런 마음들

김밥 한줄에도 속이 든든해지거나 목이 메는
사람과 사람 사이
기차는 달린다

어디에 꼭 닿으리라는
누군가 기다릴 거라는 희망도 없이

단풍 지기 전에
살얼음이 어는 청평
깜깜한 물속에 잠깐 멈추어 서기도 하며

더 멀리, 더 깊이 보기 위해

눈을 감은 밤에게

씨발, 별들은 왜 자꾸 내 머릴 때리고 지랄이야,

온 천지가 집인 주정뱅이 하나

툭, 던져놓으며

P

아이에게 지고 강아지에게도 진다지

앵두나무에 앵두가 열린 걸 신기해하고
두근대는 제 가슴을 향해
누구세요 누구세요 묻는다지

그가 없어도
전철은 달리고 계절은 바뀌지만
버스킹의 기타는 강변의 황혼 빛을 물들이지 못하네
일요일의 물결은 행인들을 싣고 하늘로 흘러가지 못하네

우리가 그를 부르는 소리보다
조금 낮게
조금 더 환하게 그는 노래하지
— 어젯밤엔 기린이 제 뿔을 내 머리에 꽂아주었어
    당신의 블랙홀에게 인사를 전한다*며

하루에도 몇번씩
춤과 울음 사이에서 발을 헛딛는

그의 아킬레스건은
'사람'을 '사랑'으로 착각한다는 것

왜
바보 같은 그의 밤은 우리의 밤이 되고
그의 눈물은 우리의 약이 되는지?

* 심보르스카의 미완성 시의 한 대목.

당신 노래에 저희 목소리를

가을에 피는 벚꽃을 찾겠습니다

정면에 속지 않겠습니다
그 너머를 보겠습니다

날마다 집을 짓는
거미들과 함께

슬픔에 가득 차서 항상 기뻐하며* 살겠습니다

초록 앞에서 벌벌벌 떨며
뱀과 모래와 사람은 무엇이 다른지 계속 묻겠습니다

이제 저희는
저희 죄를 사랑하게 되었으니

산산조각 부서져 완성되는 인간의 말,
불길에 휩싸여 씨앗을 터뜨리는
밤의 기도를 구하겠습니다

── 프란체스코여, 오늘도 빗속에서 폐지를 줍고 있는
　당신 눈에 저희 눈물을
　당신 노래에 저희 목소리를 담으소서

* 반 고흐의 말.

'나' 없는, '너' 울울한

최현식

"벙어리 햇볕" "가을볕" "천둥 속의 눈" "봄눈". 이 시어들
에는 엘리아데(M. Eliade)의 "세계의 종말과 그것의 재창조
에 제의적으로 참여함으로써 모든 인간은 그 시간과 동시에
놓일 수 있게 된다"라는 회귀와 재생 동시의 명제가 썩 어울
릴 법하다. 전동균의 다섯번째 시집 『당신이 없는 곳에서 당
신과 함께』의 차례를 눈여겨본 이라면 이 시어들이 여름에
서 봄까지의 흐름과 높낮이를 상징하는 에로스와 타나토스,
곧 "사랑 혹은 흑암"(「사랑 혹은 흑암」)의 근원적·미래적 시간
임을 이미 한눈에 간파했을 터이다. 아무려나 사계절 순환
론에 애틋한 내면은, 여름부터 시작한다면, 성장 → 결실 →
휴식 → 탄생의 자연적 섭리를 존재 고유의 생명·심미 활동
으로 넉넉히 바꿔 살 줄 안다. 물론 이때의 진정한 과제는 자
연적·인간적 사계(四季)의 매끄러운 순환에 대한 평면적 인

지와 전시가 아니다. 프라이(N. Frye)가 그랬던 것처럼 승리-로망스, 죽음-비극, 해체-풍자, 출생-희극으로 표상되는 우리들 삶의 원형적 서사와 모순적 서정을 입체적으로 각인하고 조형하는 일이다.

과연 시인은 존재론적 사계를 향한 '사랑'과 '흑암'의 모순과 통합, 부정과 역설의 복합적 국면을 정교하게 구축하고 포옹하느라 매우 분주하다. 제목(의 일부)만을 얼핏 스쳐도, "자정의 태양" "죄처럼 구원처럼" "내 대신 울고 웃는" "내 곁의 먼 곳" 같은, 팽팽한 긴장과 상반된 문양으로 농밀하게 짜인 말들로 북적이지 않는가. 그런데 어쩐다? '사랑 ∞흑암'의 모순적 존재론은 '나'를 지움으로써 '너'를 채우는, 바꿔 말해 "당신이 없는 곳에서/당신과 함께/당신을"(「당신이 없는 곳에서 당신을 불러도」) 부르는 타자의 목소리와 표정으로 울울하니.

하지만 이곳은 다행스럽게도 시인과 우리들로 하여금 "밤마다 먼 곳들"(「밤마다 먼 곳들이」)을 바라보고 떠올리게 하는, 생활과 미학의 '참된 장소감'이 수척하게 휘돌아 물소리 맑게 울리는 여울목이다. 그곳의 물의 이랑과 고랑을 "부끄럽고 미안하고 황홀"(「부끄럽고 미안하고 황홀해서」)하게 들여다보라면, "미안하다 나여, 너는 짝퉁이다"(「벙어리 햇볕들이 지나가고」)라는 자기부정과 "단 하나의, 수많은 얼굴"(「누구의 것도 아닌」)이라는 타자 발견(수렴)의 구조로 읽어내게 되는 이유이다.

그러나 유의하시라. 시인은 단독자 '나'의 삭제와 보편자 '너'의 생성 현장을 "말이 말을 뚫고 혼이 혼을 뚫"은 끝에 "흐린 얼룩"만 남은 "존재하지 않는, 사라지지도 않는" 어떤 공간으로 규정하고 있으니. 그러면서 "자정의 태양"이라는 제목의 "재 속에서 태어난 물고기 같은 책"(「'자정의 태양'이라 불리었던」)으로 제책(製冊)함으로써 아직 그 비의가 풀리지 않은 숨겨진 기호와 미학의 장에 드러내놓고 편입시킨다.

이러한 시적 태도와 방향은 우주와 자연, 인간과 사물이 단순한 통합과 결속의 대상이 아닐 수 있음을 설핏 암시한다. 시집 『당신이 없는 곳에서 당신과 함께』 이곳저곳이 있음과 없음, 삶과 죽음, 순간과 영원, 소통과 불화 등 이항대립의 실존적 사건이 뒤죽박죽 얽힌 부정형의 서책 혹은 불확정의 기호로 던져져 있다는 추측은 그래서 가능해진다. 그렇지 않고서는 "인간의 육신과 마음"을 "구겨진 종이 같은/재를 내뿜는 거울 같은"(「약속이 어긋나도」) 기입과 투영 불능의 황폐한 장소로 특정하는 강단진 언술이 아무렇잖게 출현할 수 없다. 이를 헤아린다면 시인의 '책 읽기'는 꽉 막힌 책장(冊張)들 사이에서 '너'로 울울한 '나'를 새로이 발견하고 구성하기 위한 '시 쓰기' 자체일 수밖에 없다.

모든 그림자에게 빛을, 빛에게는 그림자를 던져주지만 일곱개의 촛불을 켠 금요일 밤 장님이 된 자만 읽을 수 있다 읽는 동안 운명이 바뀌고 마침내 빛이 없는 찬란을 만

116

나 또다시 제 눈을 찔러야 한다

　재 속에서 태어난 물고기 같은 책

　피고 지는 나뭇잎, 연인의 젖은 입술, 부서지는 얼음 조
각에도 숨어 있는 이 책은 오늘 내 눈물 속에서 울고 있다
웃고 있다 불타고 있다
　　　　　　　　　　　　　　　─「'자정의 태양'이라 불리었던」 부분

　시인에 따르면, 세상 저 구석으로 추방된 '나'는 '사랑의
폭탄'을 감추고 "헛된 꿈들"(「이토록 적막한」)을 놓을 줄 모르
는, 비유하자면 플라톤의 동굴에 갇힌 맹목의 수인(囚人)이
다. 이같은 존재의 수렁과 심연에서 벗어나는 방법은 오로
지 하나, 어쩌면 『당신이 없는 곳에서 당신과 함께』의 핵심
적 서술어로 불러도 좋을 '의심하다'와 '깨우다'를 쉼 없이
반복하고 실천하는 일이다. 이 과제의 성격과 목적을 시인
은 "빛이 없는 찬란"을 발견하고 내면화하는 작업으로 지정
했다. 이를 가능-우주론의 하늘과 불가능-인간론의 협곡에
더불어 놓아둔 문자와 감각의 서글픈 향연이 가상의 서책
『자정의 태양』'일 것이다.
　하지만 이곳들의 모순율은 위에 인용한 시 셋째 연에 보
이듯이 절멸의 동굴 탈출을 이끄는 "나의 (신성한 ─ 인용
자) 배후"들인 "잿빛 풀, 물방울 새, 불타는 돌"(「그러나 괜찮

았다」), 요컨대 하나이면서 수많은 '너'들을 만나는 역설적·긍정적 배리(背理)의 다른 이름이다. 이 점, 시인을 세상 다 아는 끔찍한 죄를 저만 몰라 끝내는 제 눈을 찔러 떠돌아야만 했던 오이디푸스의 후예로 비정(比定)케 하는 핵심 요인이다. 그렇다 해도 우리는 저 죄와 벌의 영웅이 먼저 있어 시인이 '사랑∞흑암'의 되풀이되는 비극에만 머물지 않고, 그것을 생(生)에 대한 의지와 그 실현의 동력으로 움켜쥐게 되었다는 사실을 잊지 말 일이다. 그가 드디어는 '촛불 켠 장님', 곧 자각과 통찰의 수도자이자 필경사로 거듭나서『당신이 없는 곳에서 당신과 함께』를 '지금-여기'의 미학적 현실로 현현(顯現)하게 되는 결정적인 까닭이 이 부근에 있다.

  그래도 괜찮았다.
  나는 나의 바깥으로 걸어나갔다.
  멀리 걸어나간 생각들은
  불 같고 얼음 같은 공기를 숨 쉬었다.

  어디에도 길이 없는 벌판에 서 있는 일.
  천둥에 놀란 나뭇잎처럼
  끊임없이 질문하는 일.
                              —「그러나 괜찮았다」 부분

"아무것도 보이지 않게 되는 순간, 나는 만나리라"(「누구의 것도 아닌」). 이 명제는 이형동질의 두 시집(『자정의 태양』과 『당신이 없는 곳에서 당신과 함께』)이 쓰이고 읽히는 원리와 방법을 담은 '시인∞독자'를 향한 주술이자 예언이다. 그러므로 '나'의 눈먼 순간은 "어제는 바보였고/오늘은 시궁창"이어서 "찢겨 흩어지는 내 몸"(「밤마다 먼 곳들이」)의 불구성과 거의 무관하며, 오히려 파편화된 몸과 현실을 안고 잠듦으로써 발생하는 실존적 사건에 가깝다. "밤마다 먼 곳들이 와서 나를 깨워"(「밤마다 먼 곳들이」) "누구도 알지 못할 드라마"(「누구의 것도 아닌」)의 주인공으로 불러들이는 극적 상황의 발생은 그래서 오히려 자연스럽다.

하지만 비밀의 드라마는 길 없는 벌판에 무턱대고 나가 반듯한 길의 환영(幻影)에 들린 자아의 눈과 마음을 끊임없이 의심하고 질문하는 연기법 없이는 결코 공연될 수 없다. 등장인물들을 현실에 부재한 길에 깔린 "모래와 진흙"으로 허구화하며 그들로 하여금 "내 이름이 뭐냐고, 여기가 어디냐고 울부짖"(「허기의 힘으로」)게 하는 자기증명의 시련이 구겨질 대로 구겨진 대본의 처음과 끝일 것임은 이로써 자명해진다.

신화론에 따르면, 종교적 인간은 자연적 차원의 자아와 다른 존재가 되기를 바란다. 이 때문에 신성한 무엇에 의해 계시되는 이상적 이미지를 좇아서 새로운 자아를 떠올리고 만드는 일이 평생 포기할 수 없는 과제로 자리매김되는 것이다. 그러니 이렇게 말해보자. 『당신이 없는 곳에서 당신과

함께』 곳곳이 가톨릭의 제의(祭儀)와 영성(靈性)에 경사되어
있다든가 종교적 윤리로써 인간적 삶의 가치를 규율하고 판
정하는 심판의 기율로 넘쳐난다는 것은 염결하고 엄격한 종
교적 인간을 향한 시인의 열망과 자질을 충실히 보여준다고.

그렇지만 조심할 게 하나 있다. 시인의 새로운 시적 개안
과 미학적 입사(入社)가 황홀한 영성의 내면화나 미미했던
신성성의 극대화에 의해서만 성취되지 않는다는 사실이 그
것이다. 이를테면 밤마다 고통에 휘감기는 시인의 "저는 깨
진 돌 조각, 해진 속옷의 얼룩과 같으니/젖은 그 눈길 멀리
거두소서"(「흰, 흰, 흰」)라는 기도 속의 간절한 청원을 들어보
라. 삶의 성현(聖顯)을 내밀하게 희원하지만, 존재의 파국에
처한 참담한 자아 때문에 긍휼한 신의 손길을 거부하는 내
면 분열의 형국이랄까.

그러나 '나'의 절대자 회피는 죄를 자청하고 오염된 신체
를 직시함으로써 삶의 정화와 존재의 재생에 들려는 회심
의 제의 행위이다. 그 과정에 동반되는 자기 낮춤과 파괴 행
위는 자신을 홀로 가둔 고독과 절망의 울타리에서 벗어나기
위한 상징적 죽음에 해당한다. 또한 이전에 경험하지 못한
공동체의 우애 깊은 환영과 배려 아래 종교적·심미적 생명
충동으로 나아가려는 상징적 재생에 대한 열망이기도 하다.

가령 「천둥 속의 눈」은 '당신' 곧 절대자를 갈구할수록 혼
돈과 불통, 단절과 고통이 가중되는 실존의 위기를 절실하
게 시연한다. 이러한 모습은 대속물인 희생양의 피와 단말

120

마의 비명이 널리 뿌려질 때야 거룩한 신성이 현현하는 여러 신화와 종교 서사의 어떤 장면들과 매우 닮아 있다. 이때의 전언은 분명하다. 신에 의한 인간 삶의 파괴는 남루한 우리들 생의 염세적 경향과 죽음의 공포를 속량하는 동시에 그럼으로써 우리들을 평화로운 구원과 해방의 지평으로 편입시키려는 역설적 성화(聖化)의 베풂이라는 사실이 그것이다.

당신을 부르면 저녁이 왔습니다. 천둥 치며 눈발 쏟아지는 이 저녁, 돌무더기는 어느새 또 내 앞에 와 웅크려 있고, 아픈 어머니처럼 나를 부르고, 하얗고 까맣고 파랗고 붉은, 더러는 아무 빛깔도 없는 눈송이들…… 장님 앞에 추는 춤 같고 귀머거리 앞에 부르는 노래 같습니다.

———「천둥 속의 눈」부분

다음과 같은 가상극의 설정은 어떨까. 눈앞의 시커먼 벽면만 보이는 오랜 '동굴'은 오히려 안정적이며 행복했다. 무지와 맹목이 내 속의 '사랑'과 '짐승'을 서로 부러뜨려 "낭자한 허기와 피비린내"(「거돈사지(居頓寺址)」)를 내뿜는 줄도 몰랐기 때문이다. 이에 반해 사방의 시야는 탁 트였으나 얼기설기 담장으로 막힌 잠깐의 '갇힌 집'은 되레 너무 아팠고 슬펐다. "제 몸을 벗고 싶은,/투명한 불이 되고 싶은 그 울음소리"(「흰, 흰, 흰」) 없이는 "햇볕의/윙윙대는 적막의/가장 깊은 안쪽으로, 먼 바깥으로 걸어"(「거돈사지」)갈 수 없었기 때문이다. 이러한 장소의 양극성을 감안하면,「천둥 속의 눈」
은 불확실하고 덧없는 지속성이기를 그치고, 시공간을 초월
하여 "두런대는 흙들의 사투리"(「거돈사지」)로 귀진(歸陣)하
기 위해 수행되는 뒤늦은 입사식의 무대에 강렬하고 비감하
게 울려 퍼지는 차갑고도 뜨거운 행진곡으로 들려올 수밖에
없다.

> 이 세상 너머
> 빛도 어둠도 없는 시간이 찾아온 것인지
>
> 사람으로 빚어지기 전
> 소용돌이치는 울음 속에 잠긴 느낌
> 온 세상을 삼킨 불덩이를 안은 느낌
>
> ―「정오」 부분

"사람으로 살아온 기억을 잃어버렸다가 저녁에야 간신히
되찾곤"(「보말죽」) 하는 망각과 상기의 반복적 재현은 입사
식에 대한 심리적 참전을 대표한다. 뜨거운 대낮, 사람 이전
의 울음과 불덩이 신체는 뜨겁게 달궈져 "땅 밑으로 꺼져가
는/폐사지의 돌들"(「잊으면서 잊혀지면서」)을 닮았다. 이러한
존재의 위기는 여타의 시에서 절대자에 대한 책망 섞인 원
망(願望)을 토로하는 한편 숨겨진 권능의 목소리에 정중하
게 귀 기울이는 양가적 행위를 통과함으로써 초극해가는 것

처럼 보인다.

예컨대 "당신을 사랑하는 저희는/당신 눈에 없으나/버려진 슬픔으로 살아 있으니"(「밤의 파수꾼」)와 "내게서 달아나듯 오고 있는 너는/아이의, 무당의,/멀어지는 수평선의 목소리로 말하는 너는"(「사랑 혹은 흑암」)이라는 대목을 보라. 물론 "버려진" "멀어지는"과 같은 서술어는 '당신-너'와 '나' 사이의 메울 수 없는 간극을 암암리에 드러내는 말들로 읽힌다. 하나 우리는 '나'를 때리고 부수는 '당신'의 무자비한 폭력이 내가 "생가지를 찢으며 공중으로 솟구쳐오"(「밤의 파수꾼」)르는 원동력이 된다는 역설적 인식에 주의할 필요가 있다. 이 구절은 거룩한 존재나 신성한 집단으로의 도약은 무릇 '위험한 다리'나 '좁은 문'을 넘어서지 않고서는 성취될 수 없다는 신화의 진리와 문법에 기대고 있음에 틀림없다. 이 지점, 한계에 사로잡힌 현실의 '나'는 물론이려니와 거룩한 영원의 '당신'마저 끔찍한 악마나 얼굴이 뭉개진 추악한 형상으로 괴물화되어 우리 앞에 천연덕스럽게 던져지는 까닭으로서 모자람 없다.

어둠속 그 얼굴
뱀이었어 낙타였어 반은 나무 반은 곰, 춤추는 가시덤불, 당신이었어

저기 저 저

눈도 코도 입도 다 뭉개진
옆구리에 푹, 부러진 가지 하나 꽂혀 있는 눈사람
문둥이 같은
천진불 같은

　　　　　　　　　　　　　　　　—「내 대신 울고 웃는」 부분

　무언가 인유(引喩)에 기대어 "죽은 것과 산 것들 제멋대
로 뒤엉켜/캄캄하고/눈부신"(「문밖에 빈 그릇을」) 모순된 풍
경을 황홀경 자체로 전유하고자 한다면 어떤 그림이 그려질
까. 그 최종 심급에는 『성경』 소재의 불에 타 "춤추는 가시덤
불"과 모든 것을 다 비운 붓다(Buddha)의 한 극치 "천진불"
이 자리할 것이다. 시인은 어쩌면 이런 말을 하고 싶은 것
인지도 모른다. 숱한 사물과 타자로, 또 정형 없는 부정형의
모습으로 자유롭게 변신하는 '당신'은 그럼으로써 "거룩한
것, 전적으로 다른 것을 보여주는 존재"(엘리아데)로 현현한
다. 이 말에 동의할 수 있다면, 우리들도 '당신'을 궁극적 초
월성 자체로, 나아가 다른 존재 곧 '너'들로 가득 찬 '텅 비
어 충만한 나'의 원형으로 곡진하게 내면화할 수 있는 기회
를 얻게 되지 않을까.
　하지만 그럴수록 우리는 절대자의 신성과 영원을 처음부
터 주어진 것으로 간주하거나 그렇다고 함부로 떠벌리는 잘
못에 매우 엄격해져야 한다. 신의 지위를 탐내던 악마들이
그토록 희원했던 신성과 영원은 무엇보다 스스로를 가장 기

피하고 비난받는 존재에서 가장 유용하고 아름다운 존재로 문득 변전시킬 줄 아는 전능함에서 탄생한 것이다. 더불어 매혹적이게 굴곡진 영육(靈肉)을 아무짝에도 쓸모없다는 듯이 거침없이 지워나갈 줄 아는 맹렬한 용기에서 피어난 것이다. 이로써 "가엾은/제 어둠을 무기로/당신의, 세상의 어둠과 싸우고 있는"(「밤의 파수꾼」) 우리 불우한 실존들이 "가시덤불"과 "문둥이"로 스스로 낮아진 신성들을 본받고 체화해야 하는 까닭이 분명해졌다. '낮아짐'과 '타자' 수렴의 입사식을 거치고 나서야 존재 갱신 및 시의 극치라 할 만한 "부서져 완성되는 인간의 말"(「당신 노래에 저희 목소리를」)이 비로소 발견되고 발화될 계기를 얻게 된다는 '범속한 트임'이 찾아오는 곳이 바로 이 자리이다.

젖은 몸으로
허공과 싸우듯 허공을 껴안는
나뭇가지의 투명한 불꽃들
　　　　　　　　　　　　—「내 곁의 먼 곳」 부분

움막 속의 검은 빵
감춘 눈물의, 응답 없는 기도의,
그 기도가 구원인
바보들의 빵
　　　　　　　　　　　　—「검은 빵」 부분

『당신이 없는 곳에서 당신과 함께』는 종교적 죄의식 및 영적 각성에 대한 서정·서사가 적잖다. 무엇에도 얽매이지 않는 인간 자체를 바라보려는 이들에게는 재미와 공감이 반감될 수 있는 취약 지대인 셈이다. 띄어쓰기나 마침표 하나에도 지나치게 예민하기를 자청하는 시인들의 창작 기율을 떠올린다면 새 시집이 이런 우려와 불안을 스쳐 지나쳤을 리 없겠다. 그런 점에서 다시 문제는 신성(神性)과 시성(詩性) 양자의 결속과 연대를 자연스럽게 고양할 수 있는 내용과 형식이다. 시인의 방법은 별다른 게 없다. 그래서 더욱 어렵고 고통스러운 것이 될 수밖에 없는 그 방법을 적어본다면, 신화와 종교론의 어떤 서술법, 곧 신의 '참된 역사'를 기억하고 본받되, 그 안에 옳든 그르든 '인간 조건의 역사'를 빠짐없이 각인하고 보존하는 일이다.

영성의 수렴과 발산에 정중하고 열렬한 '나'는 여전히 모순적인 "젖은 몸"이자 "투명한 불꽃"이다. 하지만 중요한 변화 하나는 나든, 너든, 신이든, 자연이든 서로가 싸우듯 서로를 껴안는 사이로 나아가고 있다는 사실이다. 이 순간 결여된 신체("젖은 몸")와 충만한 영혼("투명한 불꽃")은 서로를 아낌없이 넘나드는 '너=나'의 통합체로 하나가 되고 거듭난다.

이렇게 갱생된 자아는 그러나 "움막 속의 검은 빵"을 매일매일의 양식으로 취하는 일에는 어떤 거리낌도 부끄럼도 느

낄 줄 모른다. 그럼으로써 궁핍한 한국의 역사와 현실(「보말죽」「춘수(春瘦)」「한옥(韓屋)」), 그 진흙땅을 고통스럽게 포복하는 불행한 군상(「죄처럼 구원처럼」「1205호」「이번엔 뒷문으로」「P」)을 기억하고 위로하는 시편들의 절실한 퍼짐과 스밈에 다가선달까. 아무려나 역사와 현실에 무감하고서는, 성당에서 받아온 것인지 산행용 간식으로 구입한 것인지 출처는 알 수 없지만, "마른 떡"을 "신성한 경전" "흑싸리 껍데기" "콜라텍 가는 도깨비 스님" "가방 속 가발"(「마른 떡」) 등으로 자유롭게 떠올리고 변주하는 비유의 힘이 이토록 다채롭게 발휘될 리 없다.

　　걷다보니 구포시장 국밥집이었다
　　백년은 된 듯 허름했다
　　죽은 줄 알았던 김종삼(金宗三) 씨가 국밥 그릇을 나르고 있었다
　　얼굴이 말갰다
　　눈빛도 환했다
　　여전히 낡은 벙거지를 쓰고 있었다
　　설렁탕이며 해장국이며 깍두기를 딱딱 제자리에 갖다주었다
　　뜨건 국물을 가득 부어주었다
　　공손하였다
　　　　　　　　　　　　　　　　　　　　—「봄눈」 부분

시인은 한 산문(「풍경 속의 말들」)에서 "신학은 인간학이며 신에게도 인간이 필요하다"라는 주장에 동의한다고 적었다. 이때의 전제 조건은 "종교의 중심에는 성찰과 신비와 예언이 있고 그 속에는 지상의 삶이 오롯이 담겨 있다"는 사실이었다. 이것은 "죽은 줄 알았던 김종삼"을 '지금-여기'로 다시 호명할 수 있는 가장 괜찮은 이유 가운데 하나이다. 김종삼은 '내용 없는 아름다움'의 개척자이자 실현자로 흔히 평가된다. 하지만 그는 '무구한 순결의 아이'와 '삶의 때가 묻은 어른' 사이를 오가며 실존의 속죄에 깊이 침잠함으로써 구원의 실마리를 찾아내는 데 골몰한 종교적·시적 인간이기도 했다. 그런 의미에서 「봄눈」은 김종삼의 시적 편력을 낮은 곳에서의 신성과 영원의 욕망으로 오마주 한 헌정시로 읽어도 아무런 문제가 없다.

　그 어려운 곳에서 다시 내려온 '김종삼'은 그러나 실존의 허기를 잠시 채워주는 신의 대리체로 그쳐서는 안된다. 그가 들려주고 싶은 최후의 말은 "*어디든 갈 수 있어요 무엇으로든 빚어질 수 있어요 저는 아직 태어나지 않았어요*"(「내 곁의 먼 곳」)라는 '나' 없어 '너'로 울울한, 그래서 '너'로 자유로워지는 '나'로 다시 태어나는 생명 충동의 언어일지도 모른다. "슬픔에 가득 차서 항상 기뻐하며 살겠습니다"(「당신 노래에 저희 목소리를」)라는 고흐의 열렬한 내면 인용은 그래서 적확하고 타당하다. 왜냐하면 성(聖)과 속(俗)의 지평을 막

론하고, 생명 언어는 "살아남기 위해 옆구리에 상처를 내는" (「마른 떡」) 단독자 '나'를 넘어 "우리는 모두 깨진 그릇 같은 존재들"(「1205호」)임을 문득 창조하는 보편자 '너'들로 흘러드는 역설을 명랑한 숙명으로 알고 발화되기 때문이다.

정말 기쁘게도, 이것은 지친 삶과 바쁜 언어로 곱은 손을 "허기의 힘"(「허기의 힘으로」)으로 아프게 펴내 우리에게 내민 전동균의 "마른 떡"이 더욱 딱딱해질수록 훨씬 부드러워지고 손때 탈수록 기막히게 맛있어지는 까닭이기도 하다. 그러니 앞으로 더더욱 번성할 시인의 떡집이여, 그 "마른 떡" 안에 감춰진 "내 무덤을 환하게 여는 눈빛"(「약속이 어긋나도」)을 단 한점도 아끼지 않겠다는 시적 약속을 어서 자랑스럽게 내거시라. 우리는 그 맑고 깊은 '눈빛'을 치어다보며 '봄눈', 곧 춘설(春雪)로 난분분하는 '눈(으로)봄', 곧 통찰의 영성(靈性/盈盛)을 천천히 떼어 먹느라 바쁠 작정이니.

崔賢植 | 문학평론가·인하대 교수

경주 대릉원 고분동네가 가끔 생각난다.

천마총이 발굴되면서 마을은 지상에서 지워졌고, 나는 대구로 서울로 부산으로 떠돌게 되었지만, 이따금 내 속에서 불쑥 튀어나오는 소년은 그곳의 사람들과 흙냄새, 오래된 한옥들과 마당의 연꽃무늬 돌들, 무덤 위로 떠오르는 달빛과 짐승 울음소리, 새벽의 흰 물그릇…… 그 어둑하고 신비한 삶의 풍경을 더듬더듬 불러내곤 한다.

말을 의심하면서도
말을 구하고 또 의지하는 아이러니 속에서
징검돌을 놓는다.

징검돌일까?

2019년 5월
전동균

창비시선 432

당신이 없는 곳에서 당신과 함께

초판 1쇄 발행 / 2019년 6월 5일

지은이 / 전동균
펴낸이 / 강일우
책임편집 / 한인선
조판 / 한향림
펴낸곳 / (주)창비
등록 / 1986년 8월 5일 제85호
주소 / 10881 경기도 파주시 회동길 184
전화 / 031-955-3333
팩시밀리 / 영업 031-955-3399 편집 031-955-3400
홈페이지 / www.changbi.com
전자우편 / lit@changbi.com

ⓒ 전동균 2019
ISBN 978-89-364-2432-9 03810